Drei durch dick und dünn

Jörg Hagemann
wurde 1965 in Wolfenbüttel geboren. Er studierte in Braunschweig Deutsche Literatur, Sprache und Geschichte. Sein beruflicher Weg führte ihn als Texter nach München, wo er inzwischen als freier Schriftsteller mit seiner Familie lebt.

Rudi Schedl
wurde 1971 in München geboren. Er absolvierte ein Studium für Kommunikations-Design und Illustration an der Fachhochschule München. Er ist Diplom-Designer und Artdirektor in einer Münchner Werbeagentur und Illustrator.

Jörg Hagemann

DIE FÄLSCHER-ZWILLINGE

Mit Bildern von
Rudi Schedl

Rowohlt Taschenbuch Verlag

Veröffentlicht im Rowohlt Taschenbuch Verlag,
Reinbek bei Hamburg, März 2005

Umschlag- und Innenillustrationen Rudi Schedl
Umschlaggestaltung any.way, Barbara Hanke
Rotfuchs-Comic Jan P. Schniebel

Satz Minion PostScript, QuarkXPress 4.11
Druck und Bindung Clausen & Bosse, Leck
Printed in Germany
ISBN 3 499 21305 2

INHALT

1 ZWEI DURCH DICK UND DÜNN?

Typisch Maria!», schimpfte Markus und sah seinen Freund Karl strafend an. «Ich hab ja schon immer gesagt, dass sie eine verwöhnte Göre ist. Aber du wolltest es mir nie glauben!»

Der kleine schmächtige Junge drehte Markus zur Antwort die kalte Schulter zu und schaute aus dem Fenster der Burg Ritterschlag nach draußen.

Sein Blick folgte dem schmalen Kiesweg, der sich den Berg hinabschlängelte und weiter unten im dichten Wald verschwand. Karls Augen überflogen die Häuser der Stadt, in der sie wohnten und in der bis vor kurzem auch Maria gelebt hatte. Das war jetzt alles vorbei! Die Erinnerungen in Karls Kopf schlugen Purzelbäume. Dort unten auf dem Kiesweg hatten sie sich fürchterlich gegruselt, als sie ihr erstes Abenteuer erlebt hatten. Bei ihrem nächtlichen Aufstieg zur Burg Ritterschlag hatten die Steinfiguren, die den Weg säumten, ausgesehen wie Gespenster.

Und dort hinten im Wald war Markus vor gar nicht allzu langer Zeit völlig kraftlos von seinem Fahrrad gefallen. Im Nachhinein konnte Karl darüber lachen, dass Markus nur deshalb so schlapp gewesen war, weil er das Rauchen angefangen hatte. Karl wurde ganz wehmütig, wenn er daran dachte, wie sie später der Raffia auf die Spur gekommen waren.*

So viele Abenteuer hatten sie gemeinsam erlebt. Und jetzt sollte alles zu Ende sein? Aus und vorbei?

Mit einem Ruck drehte sich Karl um und sah Markus verärgert ins Gesicht.

«Wie oft soll ich es dir noch sagen? Maria kann bestimmt nichts dafür, dass sie nicht mehr hier ist! Geht das in deinen Kopf nicht rein?»

Markus schaute drein wie einer, der sich keinen Bären aufbinden lässt.

«Papperlapapp!», meinte er. «Die wird sich ganz schön ins Fäustchen lachen, dass sie uns los ist. Wo sie endlich da ist, wo sie hingehört. Auf einer Extraschule für alle, die schon immer eine Extrawurst haben mussten.»

Karl schüttelte so heftig den Kopf, dass beinahe seine Nickelbrille heruntergefallen wäre.

*Lies nach in «Gefährliche Rauchzeichen». *Drei durch dick und dünn.*

«Aber da wollte sie doch nie im Leben hin!», rief er.

«Sag bloß, du glaubst noch an den Weihnachtsmann?», fragte Markus schnippisch.

Karl tat einfach so, als hätte er die spitze Bemerkung überhört.

«Jetzt mal im Ernst», meinte er. «Maria wäre am liebsten hier geblieben. Aber ihre Eltern mussten sie ja unbedingt auf dieses Internat schicken. Würdest du etwa gerne auf ein Internat gehen?»

«Iiiich?», wunderte sich Markus. «Was soll ich denn da? Das ist ja wie den ganzen Tag zur Schule gehen!»

Karl schlug sich in die offene Hand.

«Na, siehst du!», meinte er. «Du glaubst doch nicht etwa, dass Maria dazu große Lust hat?»

Markus kam ins Grübeln.

«Und was will sie da sonst?», fragte er.

Karl musste tief durchatmen.

«Nichts!», stöhnte er. «Sie will da gar nichts. Ihre Eltern wollen.»

«Was?»

«Woher soll ich das wissen? Sie haben es mir nicht gesagt. Sie haben Maria einfach von unserer Schule genommen und woanders angemeldet. Aus, basta!»

Markus fing an, im Turmzimmer auf und ab zu wandern. Als wollte er gerade einen neuen Fall lösen, dachte er nach, bis ihm fast schwindlig wurde.

Endlich blieb er stehen und hob den Zeigefinger.

«Mag sein, dass du Recht hast», gab er zu. «Aber das erklärt eins noch lange nicht.»

«Was denn?», fragte Karl.

Markus grinste den Freund an, als würde er gerade bei Ich-sehe-was-was-du-nicht-siehst haushoch führen.

«Eins ist nämlich ziemlich merkwürdig», meinte er. «Maria ist nun schon drei Wochen weg. Und sie hat sich kein einziges Mal bei uns gemeldet!»

Karl ahnte, was Markus sagen wollte.

«Du meinst ...», flüsterte er.

Markus nickte. «Ganz genau. Das meine ich. Vielleicht wollte sie nicht aufs Internat. Aber inzwischen hat sie es sich bestimmt anders überlegt. Sonst hätte sie wenigstens mal Bescheid gegeben, wo sie überhaupt ist. Findest du nicht?»

Karl war die Sprache weggeblieben. Was Markus da sagte, klang einleuchtend. Nur wahrhaben wollte es Karl noch nicht.

«Vielleicht gibt es einen anderen Grund dafür», grübelte er.

«Das glaubst du selbst nicht», erwiderte Markus.

«Glaub ich doch!», widersprach Karl. Aber in Wirklichkeit hatte er keinen blassen Schimmer, warum sich Maria nicht meldete.

Niedergeschlagen schloss er die Augen.

Aber gleich riss er sie wieder auf!

Ein lautes Geräusch ertönte.

Ohne auch nur eine Sekunde zu verlieren, rannte Karl aus dem Zimmer und stürmte die Treppe hinunter.

Es hatte geklingelt!

Wer mochte bloß unten an der Tür sein?

Karl hatte das Zimmer kaum verlassen, da war er schon wieder da.

«Stell dir vor!», schnaufte er und wedelte mit einem Blatt Papier in der Luft herum. «Stell dir vor! Maria hat geschrieben!»

Er wartete gar nicht erst ab, ob Markus etwas antworten wollte. Außer sich vor Neugier, begann er einfach zu lesen:

Lieber Kalli, lieber Markus,

ihr könnt euch gar nicht vorstellen, wie schlimm es hier ist. Wie im Gefängnis. Die Lehrer sind streng. Die Kinder in meiner Klasse sind hundsgemein. Gestern haben wir eine Arbeit geschrieben. Die war so schwer, das glaubt ihr nicht. Die anderen haben nur müde gelächelt. Einer hat mich sogar gefragt, ob ich auf den Kopf gefallen bin. Nur weil ich bei ihm abschreiben wollte. Ist das nicht fies?
Aber ihr könnt ja noch gar nicht wissen, was alles geschehen ist. Deshalb will ich mich jetzt zusammenreißen und ganz von vorne anfangen.
Also, die Sache ist die: Meine Eltern hatten doch nie Zeit. Deshalb haben sie schon oft überlegt, ob sie mich nicht auf ein Internat schicken sollen. Da müssten sie nicht mehr auf mich aufpassen. Wo ich doch so viel Unsinn im Kopf habe. Sagen sie. Und als sie von

unserem letzten Fall gehört haben, haben sie kurzen Prozess gemacht. Das ist ja wohl das Letzte, dass bei uns auf der Schule geraucht wird. Meinen sie. Wird ja gar nicht, habe ich gesagt. Dafür hätten wir schon gesorgt. Aber das war ihnen egal. Und jetzt bin ich hier. Und komme nicht mehr weg. Bis zum Abitur soll ich hier bleiben. Tag und Nacht. Das sind mindestens noch acht Jahre. Aber ich bleibe bestimmt ein paar Mal sitzen, und dann sind es vielleicht zehn. So lange muss man ja nicht mal ins Gefängnis, wenn man ein Auto geknackt hat. Oder eine Bank überfallen. Und dabei haben wir nur ein paar Zigarettenschmuggler überführt. Bitte meldet euch bald. Schreibt einfach an: Maria Fünfziger, Internat Glanz und Gloria, Rheingasse 12, Hinterwaldlingen. Wenn die fiesen Aufpasser ihren netten Tag haben, kommt der Brief auch an.
Hoffentlich bis bald,

eure Maria

PS: Haltet mir einen Platz in unserem Turm frei. Auch wenn es Jahre dauern sollte. Schnief!

Als Karl zu Ende gelesen hatte, sagten die beiden Jungen eine ganze Zeit gar nichts.

Sie schauten sich nur an.

Vermutlich war es ihnen peinlich, was sie über ihre Freundin gedacht hatten.

Schließlich schluckte Markus und meinte:

«Und was nun?»

Karl zuckte nur die Schultern.

«Wollen wir ihr nicht irgendwas schreiben?», hakte Markus nach.

«Nie im Leben!», entfuhr es Karl. Und dabei ging ein Ruck durch den kleinen Kerl. «Wir machen etwas ganz anderes.»

«Was denn?», erkundigte sich Markus.

«Na, was wohl?», sagte Karl entschlossen. «Das einzig Richtige. Wir fahren zu ihr! Gleich morgen nach der Schule machen wir uns auf den Weg.»

2 GLANZ UND GLORIA

«Glanz und Gloria» stand in goldenen Buchstaben über dem Portal des großen Gebäudes.

Vor dem Abendhimmel glänzte der mächtige Bau in frisch gestrichenem Weiß. Eigentlich sah er mehr wie ein Palast aus als ein Internat. Er war umgeben von einem Park, an dem alles an seinem rechten Fleck war: die Wege, die kleinen Teiche und die Blumen. Sogar die Bäume machten den Eindruck, als wären sie nicht einfach so gewachsen. Irgendjemand musste einmal den Garten mit dem Lineal vermessen haben. An vorher genau berechneten Punkten hatte er die Bäume gepflanzt. Danach waren die Zweige so lange beschnitten worden, bis sie alle gleich aussahen.

Natürlich gab es kein Unkraut in diesem riesigen Ziergarten. Vermutlich wäre der Gärtner in Ohnmacht gefallen, wenn er irgendeine Pflanze gefunden hätte, die einfach so, ohne seine Erlaubnis, gewachsen wäre.

«Wie langweilig», murmelte Maria vor sich hin, als sie aus ihrem Zimmerfenster schaute.

Voller Wehmut erinnerte sie sich an den Park der Burg Ritterschlag. Den pflegte Karls Vater. Und der wusste, was er tat. Deshalb sagte er auch immer: «Ein Garten ist etwas Natürliches. Die Kunst ist nicht, etwas Künstliches daraus zu machen, sondern ihn natürlich zu lassen.»

Maria fand, dass Karls Vater Recht hatte. Mehr jedenfalls als ihre Mutter. Als sie mit Maria zum ersten Mal den Park des Internats betreten hatte, war sie ganz verzückt gewesen.

«Oh! Sieh nur diese Pracht!», hatte sie ausgerufen. «Diese Blumen! Diese Bäume! Allerliebst, wirklich allerliebst. Und dieses Spiel der Farben! Nein, wie ist das reizend. Ganz, ganz reizend. Findest du nicht, Kleines?»

Wie immer hatte sie gar nicht erst abgewartet, ob Maria etwas antwortete. Sie hatte einfach weitergeredet: «Hier wird es dir gut gehen, Kleines. Hier wirst du dich wohl fühlen. Nicht? Ganz bestimmt! Nun sieh nur, der kleine Springbrunnen! Alles aus Marmor. Wie ist das nur reizend! Das muss ich unbedingt meiner Freundin Julia zeigen.»

Frau Fünfziger hatte sich gar nicht mehr eingekriegt. Maria aber war zusammengezuckt.

Wenn ihre Mutter sagte, dass sie etwas ihrer Freundin Julia zeigen musste, dann war alles zu spät. Dann wollte sie es unbedingt haben. Und in diesem Fall wollte sie unbedingt, dass ihre Tochter auf dieses Internat ging. Um jeden Preis! Aber den konnten die Fünfzigers ganz locker zahlen. Denn Geld hatten sie schließlich mehr als genug.

«Ja, Mama!», hatte Maria nur erwidert.

Und jetzt saß sie in diesem goldenen Käfig und schaute traurig aus dem Fenster.

Plötzlich klopfte es an der Tür.

Maria zuckte zusammen. Sie war nun schon zwei Wochen hier. Und sie hatte immer noch keine neuen Freunde kennen gelernt. Wer also mochte da bei ihr klopfen?

Aufgeregt ging sie zur Tür und machte auf.

Sofort zuckte sie einen Schritt zurück.

Vor ihr stand ein Junge, der ungefähr einen Kopf größer war als sie. Maria hatte ihn nur ein- bis zweimal flüchtig gesehen. Trotzdem wusste sie sofort, um wen es sich handelte. Denn der Junge war auf der Schule mindestens so bekannt wie ein sprechender Fisch.

«Gregor!», entfuhr es ihr. Und gleich schämte sie sich, dass sie so überrascht tat.

Gregor grinste überheblich und tippte sich mit der

Hand an seine Schirmmütze, die wie eine Krone auf seinem Kopf thronte. Über dem Schirm steckte eine Sonnenbrille, sodass sich Maria für einen Moment fragte, ob die Mütze wohl Augen hatte.

Da Gregor noch immer nichts sagte, ließ Maria ihren Blick an dem Jungen herunterwandern. Alles war so, wie es ihr die anderen erzählt hatten: die langen Haare, die unter der Mütze in kringeligen Locken hervorsprossen. Das feiste Gesicht, das aussah, als hätte man es mit einer Luftpumpe aufgeblasen. Das weit aufgeknöpfte Hemd mit der Goldkette. Die schlabbrige Hose, die so viel Schlag hatte, dass man die Schuhe gar nicht ausmachen konnte.

«Na, hast du dich endlich satt gesehen?», fragte Gregor gelangweilt.

Für eine Sekunde dachte Maria, dass «satt» das richtige Wort war, wenn man Gregor so anschaute.

Aber sie sagte es nicht, sondern erwiderte patzig:

«Was willst du denn hier?»

Wieder ärgerte sie sich über sich selbst. So konnte man mit Gregor nicht sprechen. Das grenzte fast an Majestätsbeleidigung.

Aber Gregor war durch nichts aus der Ruhe zu bringen. Er gähnte herzhaft und meinte:

«Soll dir was ausrichten. Von meinem Bruder. Er wartet auf dich. Unter der großen Lebenseiche im Garten.»

Jetzt erst erinnerte sich Maria, dass es ja zwei Exemplare von der Sorte «Gregor» auf der Schule gab. Denn Gregor hatte einen Zwillingsbruder.

Maria wurde immer misstrauischer.

«Und was will dein Bruderherz von mir?», erkundigte sie sich.

Gregor zuckte mit den Schultern, dass sein ganzer Körper zu wabbeln anfing. «Was wohl?», grinste er. «Dasselbe wie immer. Also beeil dich! Die anderen aus deiner Klasse sind schon längst da.»

Mehr verriet er nicht.

Er drehte sich einfach um und watschelte behäbig davon.

Maria sah ihm nachdenklich hinterher. So müsste ein Walfisch gehen, wenn er Beine hätte, dachte sie.

Dann aber wurde ihre Neugier zu groß. Nachdenklich schloss sie die Tür hinter sich und machte sich auf den Weg.

Sie war gespannt, weshalb sich ihre Mitschüler mit Gregors Bruder trafen.

Mit ungeduldigen Schritten lief sie durch die langen, blank gewienerten Gänge. Sie kam zu der geschwungenen Treppe mit den Marmorstufen, die hinab ins Erdgeschoss führte. Als sie aus dem mächtigen Portal nach draußen trat, konnte sie die Lebenseiche schon sehen. Das war kein Wunder, denn die Eiche überragte die anderen Bäume um ein Beträchtliches.

Ihre Mitschüler hatten sich vor dem massigen Stamm versammelt und standen in einem Halbkreis zusammen.

Mit etwas wackeligen Knien ging Maria auf sie zu.

«Da bist du ja endlich!», sagte eine Stimme aus der Mitte der kleinen Versammlung.

Schon öffnete sich der Kreis, und Maria sah einen Jungen, der genau so aussah wie Gregor, genau so alt war wie Gregor und genau so hieß wie Gregor.

Denn bei diesem Jungen handelte es sich um Gregor den Zweiten, den Zwillingsbruder von Gregor dem Ersten. Aus einem unerfindlichen Grund hatten die beiden die gleichen Namen und nannten sich der Erste und der Zweite.

Maria fragte sich, ob dieser Gregor nicht der Erste war und der von vorhin der Zweite. Der Junge schien ihre Gedanken zu erraten und meinte:

«Ich bin übrigens Gregor der Zweite. Meinen Bruder hast du ja wohl eben kennen gelernt.»

Maria konnte kaum nicken, da fuhr Gregor fort:

«Du bist also die Neue. Dann will ich dir mal ein paar Spielregeln erklären. Ohne die läuft hier nämlich gar nichts.»

Wie ein Wasserfall begann Gregor der Zweite zu reden. In diesem Punkt schien er das genaue Gegenteil von Gregor dem Ersten zu sein. Und das, was er erzählte, war so unglaublich, dass es Maria glatt die Sprache verschlug.

Und wer Maria kannte, der wusste, was das bedeutete.

3 BESUCHSZEIT

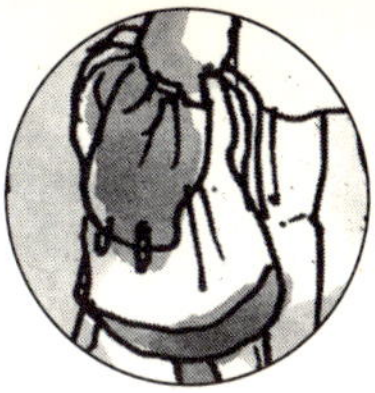

Als Maria wieder zurück ins Internatsgebäude ging, war sie wie benebelt. Ohne links und rechts zu schauen, stapfte sie die Treppe hoch. Als sie oben angekommen war, schlich sie die Gänge entlang, verlief sich zweimal und kam nach einigen Umwegen endlich vor ihrer Zimmertür an.

So mies hatte sie sich lange nicht mehr gefühlt. Doch als sie die zwei Gestalten vor ihrem Zimmer entdeckte, musste sie laut losprusten vor Lachen.

«Wie seht ihr denn aus?», kicherte sie. Dann erst fiel ihr auf, wie unhöflich sie war. Mit ausgebreiteten Armen lief sie auf Markus und Karl zu, die wie zwei begossene Pudel vor ihr standen.

Dabei sahen sie nicht aus wie Pudel. Und wie begossene schon gar nicht! Sie steckten nämlich in piekfeinen Anzügen. Karl hatte sich sogar eine Krawatte umgebunden. Und Markus hatte ein Paar blitzende Manschettenknöpfe an den Ärmeln.

«Wie bist du denn drauf?», fragte Markus, als sie sich genug umarmt hatten. «Ich dachte, das hier ist ein supertoller Schuppen. Da haben wir uns ein wenig zurechtgemacht, nicht, Karl?»

Der schmächtige Karl nickte:

«Den Anzug hat mir Ritter Arthur geliehen. Den hat sein Enkel Alex zur Konfirmation angehabt.»

«Und meinen», berichtete Markus, «hab ich zur goldenen Hochzeit meiner Großeltern getragen.»

Maria konnte sich das Kichern kaum verkneifen.

Plötzlich wurde sie aber ernst. Sie fasste die Freunde an den Händen und meinte:

«Mensch, ich freu mich so, dass ihr da seid. Aber eins müsst ihr mir erklären. Wie seid ihr bloß hier reingekommen? Die Empfangsdame lässt doch sonst keinen durch.»

Diesmal war es Markus, der grinste:

«Ganz einfach. Wir haben uns als Verwandte von dir ausgegeben.»

Maria wäre fast aus den Latschen gekippt.

«Und das hat sie euch geglaubt?»

«Klar!», antwortete Markus und grinste noch mehr. «Ich habe ihr erklärt, ich wäre der Sohn von dem Bruder von der Schwester von deiner Mutter.»

«Und ich hab behauptet», ergänzte Karl, «ich wäre der Neffe vom Schwager von der Kusine von der Schwester von deinem Vater.»

«Und dann?», staunte Maria.

«Dann», lachte Markus, «hab ich gefragt, ob sie das mitschreiben will.»

«Und dann», stimmte Karl mit ein, «hat sie gesagt, dass das nicht nötig ist. Wir müssten schließlich selbst wissen, um welche tausend Ecken wir mit dir verwandt wären.»

«Ihr seid unmöglich!», kicherte Maria und öffnete

die Tür. Nachdem alle Klarheiten beseitigt waren, wollte sie den Freunden endlich ihr Zimmer zeigen.

Sie hatte gerade einen Fuß in den Raum gesetzt, da blieb sie wie vom Schlag getroffen stehen.

«Keinen Schritt weiter!», zischte sie und spähte in das Zimmer hinein.

Mit einem Mal war ihre ganze Fröhlichkeit wie weggeblasen.

Maria ließ den Blick ein paar Mal im Zimmer hin und her wandern, dann tastete sie sich langsam vor.

Erst als sie sich mitten im Zimmer befand, merkte sie, dass sie sich ziemlich merkwürdig benahm.

Karl und Markus standen nämlich immer noch im Türrahmen und hatten zwei große Fragezeichen im Gesicht.

Maria winkte sie zu sich herüber.

Dann ließ sie die Katze aus dem Sack.

«Wenn mich nicht alles täuscht», erklärte sie, «war hier jemand in meinem Zimmer, während ich weg war.»

Mit zittriger Hand zeigte sie auf die untrügliche Spur, die der Eindringling hinterlassen hatte.

Ein triefender Wasserfleck war auf dem Teppich sichtbar.

Maria nahm eine Vase in die Hand und betrachtete die Blumen.

«Seht nur», forderte sie die Freunde auf, «der eine Stängel ist abgeknickt. Die Vase muss heruntergefallen sein. Ein Wunder, dass sie nicht kaputtgegangen ist. Das Wasser wurde auf dem Teppich verschüttet. Der Eindringling hat es sogar nachgefüllt. Aber den Fleck hat er nicht so schnell trocken gekriegt.»

Markus hatte Maria ruhig zugehört.

Nur Karl war in der kleinen Wohnung auf und ab gewandert.

Plötzlich rief er laut aus:

«Er hat es aber probiert!» Und dabei hielt er einen Föhn in der Hand, den er im Badezimmer gefunden hatte. «Hier! Der Föhn ist noch richtig heiß. Der Eindringling hat also versucht, den Fleck zu trocknen!»

«Und dann?», fing Maria auf einmal an zu flüstern.

Karl verstand ihre Sorge sofort.

«Dann ist er von irgendwas gestört worden.»

«Von was denn?», fragte Maria ängstlich.

Da fiel Markus ein:

«Von wem wohl? Von uns natürlich! Wir haben doch an die Tür geklopft. Ein paar Mal sogar. Aber du warst nicht da!»

«Dafür aber ein anderer!», sagte Maria und fing am ganzen Körper an zu zittern. Dass es jemand wagte, in ihr Zimmer einzudringen und ihre ganzen privaten

Sachen anzugrapschen, machte sie wütend und hilflos zugleich. Zornig sprach sie aus, was sie alle dachten:

«Aber wo ist der Jemand jetzt? Durch die Tür kann er nicht entwischt sein!»

Und Markus fügte hinzu:

«Durchs Fenster auch nicht. Erstens ist es viel zu hoch, und zweitens ist es verschlossen. Und zwar von innen!»

Als hätte einer von ihnen einen Befehl gegeben, fingen die drei an, den ganzen Raum zu durchsuchen. Aber sosehr sie auch nachschauten, es war niemand zu finden!

Schließlich gaben sie entnervt auf.

«Es muss eine andere Lösung geben!», stellte Markus fest. «Hier ist er nicht!»

Karl überlegte kurz.

«Vielleicht ist er von wem anderen gestört worden. Bevor wir gekommen sind. Vielleicht hat jemand geklopft.»

«Wer soll bei mir schon klopfen? Ich kenn hier doch keinen!», sagte Maria traurig.

«Aber nur so kann es sein», bestätigte Markus. «Es hat jemand geklopft. Der Eindringling hat Angst gekriegt und ist so schnell wie möglich abgehauen, als der unbekannte Besucher wieder gegangen ist.»

«So muss es sein. Eine andere Erklärung gibt es nicht», meinte auch Karl.

«Noch nicht!», zweifelte Maria. Und dabei ging ihr durch den Kopf, was sie vorhin von Gregor dem Zweiten erfahren hatte.

Sie holte tief Luft und fing an:

«Es gibt da nämlich noch was. Das muss ich euch unbedingt erzählen …»

Sie pustete die Luft wieder aus und ließ sich erschöpft auf ihr Bett fallen. Dann begann sie ihren Bericht.

4 NACHHILFE!

Karl runzelte die Stirn und fasste zusammen: «Es gibt also einen Gregor den Ersten und einen Gregor den Zweiten.»

«Genau!», bestätigte Maria.

«Der Erste hat dich unter die Lebenseiche bestellt. Und der Zweite hat dich dort empfangen.»

«Genau.»

«Und die beiden sind Zwillinge.»

«Eineiige!», bekräftigte Maria. «Sie sehen gleich aus. Benehmen sich aber total verschieden. Der eine ist behäbig wie ein Bär. Gregor der Zweite sieht zwar auch so aus, aber er ist ganz anders. Er ist viel flinker.»

«Bären können auch ganz schön flink sein!», gab Karl zu bedenken.

«Ist doch alles nicht so wichtig!», unterbrach ihn Markus ungeduldig. «Also, Gregor der Zweite hat dich unter der Lebenseiche erwartet. Was wollte er denn von dir?»

«Haltet euch fest!», meinte Maria. «Er wollte Geld!»

«Geld?», fragte Markus erstaunt.

«Wofür das denn?», erkundigte sich Karl.

«Stellt euch vor», antwortete Maria. «Er wollte mir Nachhilfe anbieten. Er hatte eine Liste, auf der genau stand, welche Zensuren ich in Deutsch und in Mathe geschrieben habe. Eine Fünf und eine Fünf minus.»

Die Jungen sahen ihre Freundin erwartungsvoll an.

«Und woher hatte er deine Zensuren?», fragte Karl.

«Die hat ihm wohl jemand verraten», meinte Markus.

Maria schüttelte die blonden Locken.

«Unmöglich!», widersprach sie. «Das Verrückte an der ganzen Sache ist nämlich, dass wir die Arbeiten noch gar nicht zurückbekommen haben. Ich wusste selbst noch nicht, was ich geschrieben habe!»

«Nein!», riefen die zwei anderen aus.

«Doch!», meinte Maria. «Gregor der Zweite wusste aus sicherer Quelle, dass ich im Diktat neun Fehler habe. Und in Mathe habe ich angeblich eine Aufgabe falsch gelöst und eine gar nicht erst angefangen.»

«Und?», fragte Markus. «Stimmt das? Hast du eine Aufgabe gar nicht erst angefangen?»

Maria ließ die Schultern hängen.

«Ja», gab sie kleinlaut zu. «Mathe ist hier total

schwer. Nicht so wie bei uns. Es ist, als hätte ich eine Klasse übersprungen.»

Markus hörte ihren Entschuldigungen gar nicht richtig zu.

«Dann hat Gregor also Recht?»

«Wahrscheinlich», stimmte Karl zu.

«Hoffentlich nicht!», meinte Maria. «Vielleicht hab ich ja doch noch eine Drei.»

Diesmal schüttelte Markus den Kopf.

«Glaub ich nicht. Wahrscheinlich haben die Gregors wirklich eine sichere Quelle. Fragt sich bloß, woher?»

«Weiß ich doch nicht!», antwortete Maria.

«So kommen wir nicht weiter», meinte Karl. «Die Quelle kennt niemand anderer als die Gregors. Und die werden sie uns nicht verraten. Fest steht nur, dass hier etwas faul ist. Jemand bricht in Marias Zimmer ein. Und jemand kennt ihre Zensuren, bevor sie die Arbeiten zurückgekriegt hat. Und dieser Jemand will ihr Nachhilfe geben.»

«Nicht umsonst, natürlich», bestätigte Markus. «Was sollte die Nachhilfe denn überhaupt kosten?»

«Fünfzig Euro!», antwortete Maria.

Die zwei Jungen sahen sich zweifelnd an.

«Fünfzig Euro für was?», wollte Markus wissen. «Pro Stunde, pro Tag, pro Woche oder was?»

Maria war sich nicht ganz sicher.

«Je Arbeit, hat Gregor gesagt. Er würde dafür sorgen, dass ich immer eine Eins oder Zwei schreibe. Und dafür müsste ich jedes Mal fünfzig Euro blechen.»

Den Jungen wurde die ganze Angelegenheit immer unheimlicher.

«Aber woher will er denn wissen, was du schreibst?», fragte Markus und gab sich gleich selbst die Antwort. «Ich habe schon mindestens hundertmal Nachhilfe in Mathe bekommen. Aber nie konnte mir mein Nachhilfelehrer vorhersagen, was ich schreibe. Das kann doch keiner wissen!»

«Gregor kann es aber!», widersprach Maria. «Alle Kinder in unserer Klasse schreiben nur Einsen und Zweien. Ganz selten ist einmal eine Drei dabei. Die Gregors machen es möglich!»

«Aber wie?», rief Markus aufgebracht.

Da huschte ein pfiffiges Lächeln über Karls Gesicht. Er legte seinem Freund die Hand auf die Schulter und meinte:

«Das werden wir schon rausfinden. Schließlich haben wir bis jetzt jeden Fall gelöst.»

«Fall? Welcher Fall?!», rief Maria.

Karls Lächeln wurde immer verschmitzter.

«Na, welcher wohl? Wir stecken doch schon mittendrin!»

Wenig später war der Besuch beendet.

Markus und Karl mussten nämlich noch mit dem Zug zurück nach Hause fahren. Das dauerte zwar nur eine halbe Stunde, aber immerhin. Die zwei hatten vor, auf jeden Fall pünktlich zu Hause zu sein. Denn für den nächsten Tag wollten sie die Erlaubnis erhalten, Maria noch einmal zu besuchen.

Während die Jungen im Zug saßen, hatte sich Maria schon bettfertig gemacht.

Sie hatte die Decke bis unter die Nasenspitze gezogen, konnte aber nicht schlafen.

Da war so ein ganz mulmiges Gefühl, das in ihrem Bauch rumspukte.

Eine ganze Zeit konnte sie es sich nicht erklären.

Dann aber kam sie darauf: Sie fühlte sich in ihrem Zimmer nicht sicher. Jemand war hier eingedrungen. Und sie konnte sich nicht wirklich vorstellen, wie er den Raum wieder verlassen haben sollte.

Mit einem Ruck fuhr sie aus dem Bett hoch.

Jetzt wusste sie, worum es sich bei dem mulmigen Gefühl handelte.

Es war Angst!

Sie fürchtete sich, dass sich noch immer jemand im Zimmer befand. Deshalb konnte sie nicht schlafen. Sie blieb weiterhin wach.

Hellwach!

Die ganze Nacht.

Die Uhrzeiger rückten auf zwölf, auf halb eins und Viertel vor eins.

Es war genau zwölf Uhr und siebenundfünfzig Minuten.

Da hörte Maria das Geräusch.

Zuerst war es ein Schaben. Dann ein kratziges Knarren.

Plötzlich sah sie es. Im fahlen Mondlicht, das durch ihr Fenster drang, konnte sie etwas erkennen!

Die Schranktür wurde geöffnet!

Ein Schatten kletterte heraus.

Der Schatten war rund und unförmig.

Trotz seiner behäbigen Form bewegte er sich auf Zehenspitzen zur Tür, öffnete sie und schlüpfte nach draußen.

Es war zwölf Uhr und neunundfünfzig Minuten, als Maria auf die Uhr schaute.

Sie bibberte am ganzen Leib.

Dafür aber hatte sie genau erkannt, wer hier durch ihr Zimmer geschlichen war.

Nur, wie er es angestellt hatte und woher er gekommen war, konnte sie sich nicht erklären. Sie hatten den Schrank doch sorgfältig durchsucht!

Sie war so aufgeregt, dass es sie am ganzen Körper kribbelte. Nur langsam beruhigte sie sich wieder.

Doch einschlafen konnte sie nicht.

5 ABWÄRTS!

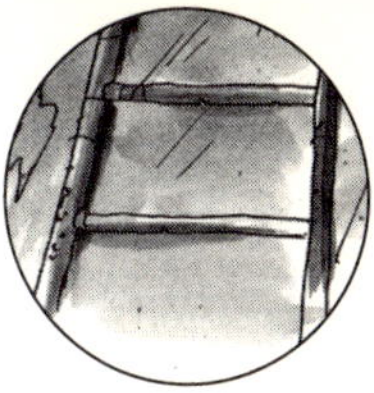

Ich weiß auch nicht, wie er da reingekommen ist!», sagte Maria und sah ihre Freunde verzweifelt an.

Sie hatte so sehr darauf gewartet, dass Karl und Markus endlich kamen. Der Tag hatte nicht vorbeigehen wollen: Erst die langen Stunden in der Schule. Danach das Warten auf ihrem Zimmer.

Natürlich hatte sie mit niemandem darüber sprechen können, was ihr heute Nacht passiert war.

Erstens musste es geheim bleiben, und zweitens hätte ihr keiner geglaubt.

So wie ihr jetzt Markus nicht glauben wollte.

«Und du bist dir ganz sicher, dass du nicht geträumt hast?», fragte er.

Maria warf ihm einen Blick zu, der jedem Gewitterblitz alle Ehre gemacht hätte.

«Iiiiich haaaab niiiiiicht geträuuuuumt!», sagte sie genervt. «Ich hab die ganze Nacht kein Auge zugetan!»

Markus gab sich nicht zufrieden.

«Vielleicht hast du ja bloß geträumt, dass du nicht geträumt hast. Ich meine, dass du die ganze Nacht wach warst.»

Maria wollte gerade vor Wut explodieren, da hörte sie ein merkwürdiges Geräusch.

Es war zuerst ein Schaben. Dann ein kratzendes Knarren!

Sie wirbelte herum.

Die Schranktür stand offen, und heraus guckten ein Paar Füße.

Sie gehörten Karl.

Er hatte sich nicht am Gespräch beteiligt, sondern war auf Spurensuche gegangen. Dazu war er in den Schrank geklettert. Mühsam drehte er sich darin um die eigene Achse und steckte den Kopf heraus.

«Ihr könnt aufhören zu streiten», strahlte er übers ganze Gesicht, «ich hab des Rätsels Lösung gefunden!»

Das ließen sich Maria und Markus nicht zweimal sagen. Schon hatten sie die Köpfe in den Schrank gesteckt.

Zuerst mussten sie sich durch Hosen und Blusen kämpfen, die Maria an der Kleiderstange aufgehängt hatte. Dann aber entdeckten sie es:

Nichts!

Dort, wo sich die Rückwand des Schranks hätte befinden müssen, war nichts.

Sie schauten einfach nur in ein dunkles Loch.

«Eine Taschenlampe!», schrie Markus.

Karl hatte mitgedacht. Flink war er aus dem Schrank geklettert und hatte seine Taschenlampe bereits geholt.

Schon war sie angeknipst. Ihr heller Strahl drang so tief in das dunkle Loch ein, dass ihnen eines sofort klar wurde: Hier war nicht nur die Rückwand des Schranks durchbrochen, sondern gleich die ganze Wand, die sich dahinter befand!

Der Strahl wanderte in dem Loch hin und her. Nach ungefähr drei Metern stieß er an eine Wand. Markus steckte den Kopf durch das Loch und lenkte den Strahl nach oben. Aber gleich über ihm war wieder eine Wand. Also richtete er den Strahl nach unten.

Ihm wurde ganz schwindlig.

Unten, ganz weit unter ihnen, traf das Licht auf einen grauen Boden.

«Ein Schacht!», flüsterte Markus und ließ den Strahl ein ums andere Mal auf und ab wandern.

Als er fast schon jeden Zentimeter ausgeleuchtet hatte, hielt er das Licht plötzlich auf einen Punkt gerichtet.

Der Punkt befand sich genau unter ihnen.

«Halt mal!», befahl er und drückte Maria die Lampe in die Hand.

Er zog den Kopf aus dem Loch zurück und kletterte mit den Füßen voran hinein ins Dunkle.

«Maaarkuuus!», rief Maria. «Pass bloß auf!»

Aber Markus war nicht mehr zu bremsen.

«Keine Angst. Ich weiß, was ich tue!», antwortete er, und schon war er im Loch verschwunden.

«Maaarkuuus!», rief Maria noch einmal und ließ das Licht nach unten huschen. Als der Strahl auf Markus traf, befand der sich schon drei Meter unter ihnen.

«Eine Leiter!», stellte Karl fest, der inzwischen auch den Kopf ins Loch gesteckt hatte. Er legte die Handflächen wie einen Trichter um den Mund und rief: «Alles klar da unten?»

Im Lichtkegel sahen sie, wie sich Markus immer weiter von ihnen entfernte. Plötzlich schien er stehen zu bleiben. Er wandte das Gesicht nach oben. Und seine Stimme hallte als Echo von den Wänden wider, als er antwortete:

«Alles in Ordnungordnungordnung. Ich bin unten angekommenangekommenkommen. Aber hier geht's erst richtig losloslos!»

Schneller als Karl und Maria schauen konnten, war er in einem anderen Loch verschwunden. Und sosehr sie auch leuchteten, der Schacht blieb leer.

Markus fand sich mitten in einem großen Raum wieder.

Er atmete schwer.

Und das lag nicht etwa daran, dass ihn seine Kletterei zu viel Kraft gekostet hätte – er hatte nur gerade begriffen, wo er hier gelandet war.

«Ich Idiot!», schoss es ihm durch den Kopf. Ganz langsam ahnte er, in welcher Gefahr er sich befand.

Keuchend schaute er sich noch einmal um. Das Zimmer lag in einem düsteren Abendlicht, das durch

die schweren Fenstervorhänge drang. In der Mitte stand ein langer Tisch mit Stühlen. Die Wände wurden von großen Regalen verdeckt.

Als müsste er einen unsichtbaren Widerstand überwinden, trat Markus schleppenden Schrittes näher.

So sah er, dass die Regale in viele Fächer unterteilt waren. Auf einem stand «Studienrat Krögel». Und auf einem anderen «Oberstudienrat Schrader».

Markus las weiter. Die ganzen Fächer trugen Namen von Lehrern, Studienräten und Oberstudienräten, vom Direktor und stellvertretenden Direktor.

Markus wurde ganz übel, wenn er daran dachte, wie viel Glück er gehabt hatte.

Ein furchtbares Bild schoss ihm in den Kopf und wollte einfach nicht mehr weggehen: Das Bild zeigte ihn, wie er gerade durch das Loch in das Zimmer geklettert kam. Es zeigte die Lehrer des Internats, die im Raum versammelt waren und ihn fassungslos anschauten. Und es zeigte den Direktor, der auf ihn zukam und ihn am Ohr zog.

Ein Glück, dass Bilder nicht sprechen können. Sonst hätte Markus womöglich noch das Donnerwetter gehört, das der Direktor auf ihn niedergelassen hätte.

Aber er hatte Glück gehabt:

Es war keiner der Lehrer anwesend.

Und das, obwohl er nichts ahnend ins Lehrerzimmer eingedrungen war.

Markus atmete immer noch ganz schwer. Er schwitzte am ganzen Leib, und die Luft kam ihm stickig vor.

Da schoss ihm ein fürchterlicher Gedanke durch den Kopf:

Was, wenn einer der Lehrer etwas vergessen hatte und hereinkam? Wenn jetzt die Tür aufging und der Lehrer ihn entdeckte?

Markus überlegte nicht lange.

Er dachte nur an eines:

«Bloß weg hier!»

Trotzdem blieb er wie angewurzelt stehen.

Hinter ihm war das Loch in der Wand, durch das er verschwinden konnte.

Vor ihm war das Regal mit den Lehrerfächern.

Rechts von ihm befand sich die Tür, durch die jeden Moment ein Lehrer kommen konnte.

Markus machte einen zögernden Schritt auf die Fächer zu.

Seine Hand zitterte, als er sie ausstreckte. Er merkte, dass die Blätter an seinen Händen klebten, als er sie aus einem Fach hervorzog und sie mit gehetztem Blick anschaute.

Irgendwie dachte er noch, dass es nicht die Blätter waren, die klebten, sondern seine schweißnassen Hände.

Dann ging alles ganz schnell.

Er hörte Schritte.

Sofort war ihm klar, was das bedeutete.

«Bloß weg hier!», dachte er zum zweiten Mal.

Aber erst musste er die Blätter zurück an ihren Platz legen. Doch er wusste nicht mehr, aus welchem Fach er sie genommen hatte. Panisch vor Angst pfefferte er sie in irgendein Fach zurück.

Ein Schlüssel wurde ins Türschloss gesteckt.

Im selben Moment hatte Markus das Loch in der Wand erreicht.

Der Schlüssel wurde umgedreht.

Markus rückte das Bild zur Seite.

Eine Klinke wurde gedrückt.

Markus schob sich mit dem Kopf zuerst durch das Loch.

Er konnte nicht mehr erkennen, ob die Tür geöffnet wurde.

Er zog nur die Beine durch das Loch, wälzte sich auf dem Boden herum und sah, wie durch den schmalen Spalt ein grelles Licht in den Schacht fiel.

«Zu spät!», dachte er. Gleichzeitig aber packte er das Bild und drehte es gerade, sodass es das Loch verdeckte.

Dann versuchte er die Luft anzuhalten.

Denn eins war klar: Wenn er auch nur ein Geräusch machte, war er verloren!

6 DER VERDACHT

Maria war wütend. «Nie im Leben hättest du da runterklettern dürfen!», schimpfte sie. «Die Leiter hätte morsch sein können. Du hättest abstürzen können, dir ein Bein brechen. Oder einen Arm. Oder beides!»

Erschöpft rang sie nach Luft.

Das war die Gelegenheit für Markus. Endlich konnte er sie unterbrechen. Seit er durch den Schacht zurück in Marias Zimmer geklettert war, hatte er nicht einen Ton sagen können.

«Erstens», fing er an, «bin ich nicht abgestürzt. Zweitens ist die Leiter aus Stahl und kann gar nicht morsch werden. Und drittens ist der dicke Gregor da runtergeklettert. Dann werd ich es ja wohl auch schaffen.»

«Trotzdem!», wollte Maria gerade weiterwettern. Aber da fiel ihr Karl ins Wort.

«Moment mal!», sagte er laut. «Ich finde, Markus

sollte erst berichten, was er da unten gesehen hat. Das ist allemal wichtiger, als uns zu streiten.»

«Aber …», wollte Maria erwidern. Doch Karl zeigte nur auf die Uhr.

«Es ist schon wieder kurz nach acht. In einer halben Stunde müssen wir zum Bahnhof.»

Man merkte es Maria an, wie schwer es ihr fiel, nachzugeben.

«Na gut», brummelte sie schließlich. Und Markus konnte berichten.

Also erzählte er, was er unten auf dem Boden des Schachts entdeckt hatte. Er schilderte genau, wie er durch das Loch in das Zimmer geklettert war und die Regale durchsucht hatte.

«Keine Frage», fasste er zusammen, «es handelt sich um das Lehrerzimmer. Und in den Fächern der Lehrer liegen die ganzen Arbeiten rum. Es ist fast wie im Supermarkt. Man braucht sich nur zu bedienen!»

Karl sah den Freund nachdenklich an.

«Bist du dir ganz sicher? Es muss da drinnen doch ziemlich dunkel gewesen sein.»

Und ob sich Markus sicher war.

«Ich hab die Arbeiten mit eigenen Augen gesehen. Die Gregors müssen nur runterklettern und die Aufgaben abschreiben.»

Maria wurde immer ärgerlicher.

«Und unter die Leute bringen!», schimpfte sie. «Wer fünfzig Euro bezahlt, kriegt die ganzen Aufgaben geliefert. Bevor die Arbeit geschrieben wird, natürlich. Eine schöne Nachhilfe ist das!»

Karl wiegte den Kopf.

«Das würde zumindest erklären, weshalb alle immer so tolle Zensuren schreiben.»

«Genau! Sie kennen die Lösungen vorher», bestätigte Markus und setzte eine ganz wichtige Miene auf. «Es erklärt aber noch was», fügte er hinzu.

Da huschte ein schlaues Lächeln über Karls Gesicht.

«Ich glaube, ich weiß, was du meinst.»

Markus kannte seinen Freund gut genug, um zu wissen, dass der ziemlich schnell von Begriff war.

«Mal sehen», meinte er, «ob Maria auch dahinter kommt.»

«Ihr denkt wohl, ich bin blöd!», rief Maria empört. «Es erklärt, wie wir die Gregors schnappen können. Wenn sie an die Aufgaben kommen wollen, müssen sie hier durch mein Zimmer.»

«Gut kombiniert!», nickte Markus anerkennend. «Nicht auszudenken, wie oft sie hier schon eingebrochen sind.»

«Erinnere mich bloß nicht daran!», stöhnte Maria. Ihr wurde nachträglich ganz schlecht, wenn sie nur daran dachte, dass der fette Gregor in ihrem Zimmer rumgegeistert war. Entschlossen sagte sie: «Aber dafür sollen sie büßen. Morgen schnappen wir sie uns.»

Karl und Markus ging das Ganze zu schnell.

«Morgen?», rief Markus.

Und Karl meinte: «Wieso denn das?»

Maria genoss es richtig, dass sie einmal mehr wusste als die anderen.

«Ganz einfach», verriet sie. «Am Freitag schreiben wir Bio. Also muss einer der Gregors morgen hier durch! Und das Beste ist, ich weiß sogar, wann sie kommen!»

«Wann?!», riefen Markus und Karl.

«Zwischen achtzehn und zwanzig Uhr. Da haben wir nämlich Kinoabend. Wie jeden Donnerstag. Da wird in der Pausenhalle immer ein Film gezeigt.»

«Die Gelegenheit lassen sie sich nicht entgehen», bekräftigte Karl und sah Markus fragend an.

Der schlug sich ins Fäustchen und meinte:

«Abgemacht. Maria geht morgen ins Kino, schaut sich den Film an und ...»

«... und ihr», unterbrach ihn Maria, «ihr dreht einen.»

Die Jungen sahen ihre Freundin verblüfft an.

Maria lachte still in sich hinein.

Diesmal war sie es, die sich einen Plan ausgedacht hatte. Und der hatte es in sich!

7 FILMABEND

Der Uhrzeiger sprang auf siebzehn Uhr dreißig. Mit einem lauten Knall zog Maria die Zimmertür hinter sich zu.

Fröhlich pfeifend stapfte sie durch den Gang, sprang die Treppenstufen hinunter und kam unten in der Pausenhalle an.

Die große Leinwand, auf der in wenigen Minuten der Film gezeigt werden sollte, war schon aufgespannt. Davor waren in mehreren Reihen Stühle aufgestellt. Die vorderen Plätze waren bereits besetzt. Maria ließ den Blick über die Köpfe der Kinder schweifen.

Aber nirgends konnte sie die Gregors entdecken.

Sie nickte zufrieden.

Vermutlich machten sich die Brüder schon an ihrer Zimmertür zu schaffen. Maria hätte laut auflachen können, wenn sie daran dachte, wie sie pfeifend durch die Gänge gelaufen war. So hatten die Gregors bestimmt mitbekommen, dass sie ihr Zimmer verlassen hatte.

Aber die würden ihr blaues Wunder erleben. Da war sie sich ganz sicher. Und als wenig später das Licht in der Pausenhalle ausging, da murmelte sie leise vor sich hin: «Film ab!»

Und damit meinte sie auf keinen Fall den Film, der jetzt über die große Leinwand flimmerte.

«Hast du das gehört?», flüsterte eine Stimme.

«Ich höre nichts!», antwortete eine andere.

«Pssst!», sagte die erste Stimme. «Schritte!»

Für ein paar Sekunden konnte man nur das Atmen der zwei Jungen hören, die da in Marias Zimmer unter dem Bett lagen.

«Sag ich doch!», raunte Karl. «Nichts! Rein gar nichts!»

Markus nahm die Hand von dem Gegenstand, den er auf die Zimmertür gerichtet hatte.

«Mist!», zischte er. «Wieder nichts! Der Film müsste doch schon seit einer Stunde laufen. Ich versteh das nicht!»

«Ich auch nicht», gab Karl zu. «Bequemer können sie es nicht haben. Maria ist in der Pausenhalle. Und viele der Lehrer sind mit dabei. Die Luft ist rein. Reiner geht's nicht!»

«Und morgen schreiben sie Bio. Also müssen sie heute an die Aufgaben kommen!», fügte Markus hinzu.

Dann sagten sie eine ganze Weile gar nichts.

Sie lauschten angestrengt, ob man ein Geräusch hören konnte.

Aber da war nichts. Nur das Ticken von Marias Wecker, das ihnen zeigte, wie die Zeit verrann.

Mehr als eineinhalb Stunden lagen sie nun schon in ihrem Versteck.

Und nichts war passiert, außer dass Markus einmal die Beine eingeschlafen waren. Als das Kribbeln zu stark geworden war, hatte er sich ein paar Mal hin- und hergewälzt. Davon war das taube Gefühl in den Beinen wieder weggegangen.

Markus schaute auf die Uhr.

«Siebzehn vor acht», flüsterte er.

«Ich glaube, die Angelegenheit hat sich erledigt», meinte Karl. «Heute kommt keiner mehr.»

«Bestimmt nicht!», antwortete Markus und wollte gerade unter dem Bett hervorkriechen, da hörten sie es: das Geräusch, auf das sie die ganze Zeit gewartet hatten. Es war das Aufstampfen von ein Paar Füßen vor der Tür.

«Pssst!», machte Karl.

Doch Markus hatte schon reagiert. Mitten in der Bewegung hatte er verharrt und war leise unter das Bett zurückgerutscht.

Die Schritte vor der Tür waren verklungen. Dafür konnten sie ein leises Rascheln hören.

Gleich darauf knirschte es, als würden zwei Gegenstände aus Metall aneinander gerieben.

Markus konnte seine Neugier nicht zügeln. Er rutschte ein Stück vor und blinzelte nach oben.

So sah er gerade noch, dass die Klinke gedrückt worden war; beobachtete, wie sich die Tür bewegte und aufsprang.

Schnell kroch er wieder zurück in sein Versteck. Hektisch tastete er nach dem Gegenstand, den sie extra von Marias Mutter mitgebracht hatten.

Sie hatten ein wenig lügen müssen. Aber als sie

gesagt hatten, dass Maria die Videokamera für einen Forschungsfilm über Tiere bräuchte, war Frau Fünfziger beruhigt gewesen. Ohne weiter zu fragen, hatte sie Markus die Kamera ausgehändigt. Sie hatte sich sogar bedankt, dass er für Maria den Boten spielte.

An all das dachte Markus nicht im Geringsten. Er tastete nur nach der Kamera und zuckte zusammen, als er ins Leere griff. Sein Kopf fuhr herum.

Wütend und erleichtert zugleich sah er Karl an.

Der hatte sich nämlich die Kamera gegriffen und auf die Tür gerichtet.

Ein leises Surren verriet Markus, dass die Aufnahme lief.

Plötzlich hörten sie einen dumpfen Knall, dann wieder die Schritte, die sich diesmal entfernten.

Enttäuscht stoppte Karl die Aufnahme.

Die Tür war zugeschlagen worden. Der Eindringling hatte sich wieder entfernt.

Dafür lag ein blauer Umschlag auf dem Boden.

Die beiden Jungen atmeten tief durch.

«Für heute ist der Spuk vorbei», meinte Markus.

Trotzdem trauten sie sich nicht aus ihrem Versteck. Sie blieben unter dem Bett liegen, bis sie abermals Schritte hörten.

Wieder wurde die Tür geöffnet. Wieder lugte Markus ein Stück unter dem Bett hervor.

Diesmal zog er sich aber nicht zurück wie vorhin. Diesmal kroch er ganz heraus.

Denn der neue Eindringling war Maria.

«Nun mach schon auf!», drängte Markus und streckte der Freundin den blauen Brief entgegen.

Aber Maria wollte sich einfach nicht beruhigen.

«Und es ist wirklich keiner gekommen? Kein Gregor der Erste? Und der Zweite auch nicht?»

«Wenn ich's dir doch sage!», verteidigte sich Markus.

Und Karl hob die Videokamera hoch.

«Wir haben rein gar nichts im Kasten. Als die Tür aufging, kam der Brief reingesegelt. Das war alles. Kein Gregor. Kein gar nichts.»

Maria konnte es einfach nicht glauben, dass ihr Plan schief gegangen war.

Sie schnaufte mächtig.

Endlich entschied sie sich doch, den Brief zu öffnen.

Sie riss ihn auf, zog ein blaues Blatt hervor und überflog hastig die Zeilen, die darauf geschrieben standen. Ihr Kopf wurde so rot, dass er fast schon glühte.

«Nun lies schon vor!», rief Markus.

Und Maria begann laut zu lesen:

Sehr geehrte Eltern,
leider müssen wir Ihnen mitteilen, dass die Leistungen Ihrer Tochter ungenügend sind. Weder in Deutsch noch in Mathematik sind ihre Zensuren besser als mangelhaft. Wir möchten Sie bitten, Ihren elterlichen Einfluss geltend zu machen, damit sie das Klassenziel erreicht.

Hochachtungsvoll
Gregor I. und Gregor II.

PS: Vielleicht würde ihr ein wenig Nachhilfe gut tun.

Maria ließ das Blatt zu Boden fallen.
«Ein blauer Brief», sagte sie fassungslos.
«Ausgerechnet von den Gregors!», rief Markus.
Und Karl sprach aus, was alle dachten:
«Der Fall wird immer verzwickter!»

8 AUSFLUG NACH HAUSE

Maria fühlte sich wie im Urlaub. Dabei hatte sie gerade mal zwei Tage freibekommen. Zwei Tage befreit vom Internat «Glanz und Gloria», zwei Tage befreit von Gregor dem Ersten und dem Zweiten.

Es war das erste Wochenende, das sie zu Hause verbringen durfte. Nach einem geschlagenen Monat hatten ihre Eltern endlich einmal wieder Zeit für ihre Tochter. Nur abholen konnten sie Maria nicht. Die Geschäfte gingen vor, hieß es. So saß sie im Zug und schaute aus dem Fenster. Die Wiesen und Felder huschten nur so an ihr vorbei. Immer verschwommener nahm sie die Landschaft wahr. Und irgendwo da draußen verloren sich ihre Gedanken.

Sie erinnerte sich an die fiese Bioarbeit, die sie heute geschrieben hatten.

Sie musste daran denken, dass Bio früher immer ihr Lieblingsfach gewesen war. Aber heute hatte sie fast gar nichts gewusst. Der Zettel mit den Aufgaben war für sie ein wahrer Horror gewesen: so viele Wörter, die sie noch nie gehört hatte. Die Buchstaben hatten angefangen, vor ihren Augen zu tanzen. Ihr Kopf war so schwer gewesen, und ihre Hand hatte sich dagegen gewehrt, auch nur ein einziges Wort zu schreiben.

Hilflos hatte sie sich umgeschaut.

Ihre Mitschüler waren fleißig bei der Sache gewesen.

Maria hatte einen verstohlenen Blick auf das Blatt ihrer Nachbarin geworfen. Und die war so vertieft in ihre Arbeit gewesen, dass sie gar nicht merkte, wie Maria ein Wort nach dem anderen abzuschreiben begann.

Es war wie ein Albtraum gewesen!

Früher hatten alle von ihr abgeschrieben. Das hatte sie immer unheimlich wütend gemacht. Und heute Vormittag hatte sie erkennen müssen, wie schlimm es war, wenn man selbst nicht weiterwusste.

Wenn man jeden Augenblick damit rechnen musste, erwischt zu werden.

Die halbe Arbeit hatte sie abgeschrieben. Immer mit der Angst im Nacken. Und selbst als sie die Arbeit schon längst abgegeben hatte, blieb diese Furcht, doch noch ertappt zu werden. Denn immerhin hatte sie sich nicht anders zu helfen gewusst, als alles fast wortwörtlich abzuschreiben.

Plötzlich wurde sie aus ihren Gedanken gerissen. Der Zug machte einen Ruck. Als sie aus dem Fenster schaute, sah sie das vertraute Bahnhofsgebäude ihrer Heimatstadt.

Sie packte ihre Sachen und eilte aus dem Abteil.

Auf dem Bahnsteig schaute sie sich suchend nach ihren Eltern um.

Aber da war weder ihr Vater noch ihre Mutter.

Sie entdeckte nur ein Schild, auf dem in großen Buchstaben das Wort «Maria» stand.

Ihre Eltern hatten also noch nicht einmal die Zeit gefunden, sie vom Bahnhof abzuholen.

Sie hatten einen Taxifahrer geschickt.

Ohne ein Wort zu sagen, ging Maria an dem Mann mit dem Schild vorbei. Wenn die Eltern nicht selbst kamen, dann brauchte sie keiner abzuholen. Trotzig beschloss sie, den Weg zu Fuß zu gehen.

«Wo kommst du denn her?», rief Frau Fünfziger, als Maria endlich vor der Haustür stand.

«Woher wohl?», murrte Maria und zwängte sich einfach an ihrer Mutter vorbei. «Bin zu Fuß gegangen. Ihr wart ja nicht da!»

«Aber wir haben einen Fahrer geschickt!», sagte Frau Fünfziger vorwurfsvoll.

«Hab ich nicht gesehen!», antwortete Maria.

Sie stapfte durch den Flur und wollte gerade die Treppe hochsteigen, als sie eine tiefe Stimme hörte:

«Moment mal, Fräulein!»

Es war die Stimme ihres Vaters.

Wenn er sie «Fräulein» nannte, dann bedeutete das gewiss nichts Gutes.

Widerstrebend drehte sich Maria um.

Da sah sie ihren Vater mitten im Wohnzimmer stehen. Er hatte noch seinen grauen Geschäftsanzug an. Nur die Krawatte hatte er abgebunden. Sie lag auf

dem Tisch. Ansonsten sah er aus, als würde er sich in einer wichtigen Konferenz befinden.

Und genau so sprach er auch. Seine Worte klangen kalt und berechnend, als er sagte:

«So haben wir nicht gerechnet, Fräulein. Wir haben dich nämlich nicht auf das teuerste Internat im Umkreis von hundert Kilometern geschickt, damit du uns so enttäuschst.»

Frau Fünfziger stellte sich demonstrativ neben ihren Mann und fügte hinzu:

«Nicht auszudenken, wenn meine Freundin Julia was davon erfährt.»

«Unterbrich mich bitte nicht», tadelte Herr Fünfziger. Als Bankdirektor war er es gewohnt, dass man ihn ausreden ließ.

Maria wusste immer noch nicht, wie ihr geschah. Erst als ihr Vater einen blauen Umschlag zur Hand nahm, sah sie einiges klarer.

«Ich kann euch alles erklären!», rief sie verzweifelt.

Herr Fünfziger machte nur eine schroffe Handbewegung. Dann begann er zu lesen.

Maria kannte jedes Wort.

Es war der gleiche Brief, der gestern in ihr Zimmer geflattert war.

Mit einem Unterschied!

Diesmal hatten die Gregors nicht unterschrieben.

Denn Herr Fünfziger endete mit den Worten:

«… Hochachtungsvoll, die Schulleitung.»

Wie sollte sie das ihren Eltern nur erklären?

Sie brauchte gar nicht lange zu überlegen. Ihr Vater gab ihr gar nicht die Gelegenheit dazu.

«Von jetzt an», stellte er streng fest, «werden andere Seiten aufgezogen. Ab sofort wird gelernt. Für dieses Wochenende hab ich dir einen Privatlehrer besorgt. Da kannst du nachholen, was du in der Schule versäumt hast.»

Maria merkte, wie sich ihre Kehle zu einem dicken Kloß zusammenzog. Ihr war, als würde der Boden unter ihren Füßen schwanken. Sie fühlte sich wütend und hilflos zugleich. Sie hatte doch nicht auf dieses Internat gewollt! Auf ihrer alten Schule war alles in Ordnung gewesen. Und überhaupt! Dieser Brief, den die Eltern erhalten hatten, war ja gar nicht echt! Oder doch? Langsam wusste sie nicht mehr, was richtig und was falsch war.

«Haben wir uns verstanden?», hörte sie die unerbittliche Stimme des Vaters.

Mit schwerer Zunge unternahm sie einen letzten Versuch:

«Aber was ist mit morgen? Ich bin doch verabredet. Wir wollen rauf zur Burg Ritterschlag.»

Herr Fünfziger zog die Augenbrauen hoch.

«Damit ist es endgültig vorbei! Wie mir deine Mutter berichtet hat, ist dieser Markus schon wieder hier gewesen. Und offensichtlich muss er dich sogar im Internat aufgesucht haben. Deine Mutter war auch noch so gutmütig, ihm unsere Videokamera mit auf den Weg zu geben. Hab ich nicht Recht?»

Frau Fünfziger nickte schuldbewusst.

Ihr Mann fuhr in hartem Tonfall fort:

«Ab sofort ist Schluss damit. Wir haben dich nämlich nicht aufs Internat geschickt, damit du dich weiter mit deinen alten Freunden rumtreibst. Ist das klar?»

Da wurde es Maria zu viel.

Ihr Gesicht lief rot an. Als würde der Kloß im Hals platzen, rief sie laut:

«Ihr habt mich doch nur aufs Internat geschickt, weil ihr keine Zeit für mich habt!»

Ohne eine Antwort abzuwarten, rauschte sie die Treppe hinauf und verschwand in ihrem Zimmer.

Aber es wäre auch keine Antwort gekommen.

Einmal, ein einziges Mal nur, waren Herr und Frau Fünfziger sprachlos.

9 DAS GEHEIMNIS DER NACHHILFE

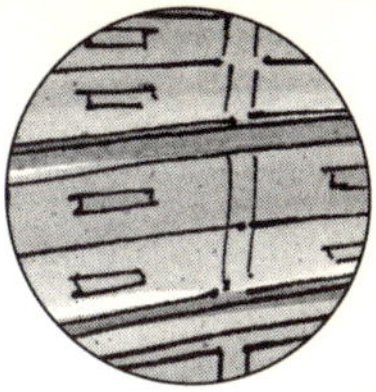

Maria hätte nie im Leben geglaubt, dass es so weit kommen würde.

Aber als sie am Sonntagabend wieder im Internat eintrudelte, war sie unheimlich erleichtert. Sie ließ sich aufs Bett fallen und war nur froh, dass sie endlich ihre Ruhe hatte.

Das ganze Wochenende hatte sie lernen müssen: erst Deutsch, dann Mathe. Ihr qualmte immer noch der Kopf. Und so war es kein Wunder, dass sie bald einschlief.

Doch das verpatzte Wochenende ließ sie noch nicht los. Es folgte ihr in den Schlaf. Sie träumte von Karl und Markus, wie sie an ihrer Zimmertür klopften. Wirre Bilder tauchten auf, wie sie probierte, die Tür zu öffnen. Aber alle Versuche waren vergebens. Es half kein Zerren und Ziehen, kein Drücken und Dagegenwerfen. Die Tür blieb zu. Sie ging erst auf, als die Freunde längst verschwunden waren. Im Traum sah

Maria den langen Gang hinunter. Aber da war weder ein Karl noch ein Markus zu entdecken. Sie fing an zu laufen. Doch der Gang wollte kein Ende nehmen. Er hörte überhaupt nicht auf. Sie lief und lief. Und je länger sie rannte, umso länger wurde der Gang. Plötzlich ertönte ein lautes, rasselndes Geräusch.

Schweißgebadet wachte sie auf.

Das Sonnenlicht schien durchs Fenster.

Der Traum war zu Ende. Nur das Geräusch war noch da. Es war ihr Wecker, der klingelte.

Maria quälte sich aus dem Bett. Sie brauchte eine ganze Weile, bis sie begriff, wo sie war.

Sie war zurück! Ein neuer Schultag wartete auf sie. Und mit ihm waren auch die ganzen ungelösten Fragen wieder da: Wie stellten es die Gregors an, dass alle Kinder immer nur gute Zensuren schrieben? Wie hatten sie die Sache mit dem blauen Brief gedeichselt? Hatten sie ihn selber geschrieben und im Namen der Schulleitung verschickt? Oder hatten sie aus sicherer Quelle von dem blauen Brief erfahren und ihn Maria als Warnung mit ihren Unterschriften zugeschickt?

Fragen über Fragen!

Zum Glück würden heute Abend Karl und Markus kommen. Als Maria ihre Verabredung auf Burg Ritterschlag abgesagt hatte, war Markus so blitzgescheit gewesen zu antworten:

«Dann kommen wir eben zu dir. Gleich am Montag!»

Da war Maria sehr erleichtert gewesen.

Es war gut, zu wissen, dass wenigstens ihre Freunde zu ihr hielten. Ohne die zwei hätte sie sich noch viel einsamer gefühlt.

So aber hatte sie den ganzen Tag etwas, worauf sie sich freuen konnte.

Und das sollte sie noch viel bitterer nötig haben, als sie jetzt ahnen konnte.

Zwölf Stunden später saß Maria auf ihrem Bett und vergrub den Kopf zwischen den Knien.

Karl und Markus hätten sie gerne getröstet. Leider wussten sie selbst nicht wie.

Sie konnten sich auch nicht erklären, was ihrer Freundin da passiert war.

Sie starrten nur immer wieder auf das Blatt Papier, das vor Maria auf dem Bett lag.

Darauf stand schwarz auf weiß, dass Maria mit Abstand die schlechteste Schülerin ihrer Klasse war.

Dazu genügte eine einzige Zahl:

Sechs!

Denn heute Morgen hatten sie die Bioarbeit zurückbekommen. Und Maria hatte als Einzige eine glatte Sechs geschrieben. Alle anderen konnten – wie üblich – gute Zensuren vorweisen: ein paar Einsen, viele Zweien und ganz wenige Dreien.

Die drei wollten es nicht glauben!

Aber ob sie es nun glaubten oder nicht: Es war nun einmal so, und nachträglich konnte man es nicht mehr ändern.

Inzwischen hatte sich Markus zu Maria aufs Bett gesetzt. Er legte ihr den Arm um die Schultern.

«Ich hab auch schon mal eine Sechs geschrieben!», meinte er. «Glaub mir, das ist halb so schlimm!»

Als Antwort hörte er ein abgrundtiefes Schluchzen.

Markus ließ den Kopf hängen.

Vermutlich hätte er sein Rennrad hergegeben, wenn ihm dadurch eingefallen wäre, wie man Maria helfen könnte. Ihm jedenfalls fiel nichts ein.

Karl ging im Zimmer auf und ab.

Zunächst waren seine Schritte langsam und bedächtig. Dann wurden sie immer schneller.

«Wenn du ein Loch in den Boden laufen willst, sag Bescheid!», frotzelte Markus.

Karl schien nichts zu hören. Er wanderte einfach weiter.

«Da wird man ja ganz kribbelig bei deiner Rennerei!», brummte Markus.

Karl reagierte nicht.

Auf einmal blieb er stehen.

Er fasste sich an den Kopf und begann leise:
«Hast du nicht gesagt, dass du fast die ganze Arbeit abgeschrieben hast?»
Die Worte schienen im Raum verhallt zu sein, ohne dass Maria etwas gehört hatte.
Markus stieß sie in die Seite.
«Hast du verstanden?», fragte er.
Maria schien aus einem Tiefschlaf zu erwachen.
Karl probierte es nochmal:
«Du hast doch fast die ganze Arbeit abgeschrieben, oder etwa nicht?», wiederholte er.
Maria sah ihn entgeistert an.

«Ja, klar», antwortete sie.

Karl ging noch einmal auf und ab. Er blieb genau vor Maria stehen und fragte:

«Und welche Note hat deine Nachbarin bekommen?»

Maria zuckte die Schultern.

«Eine glatte Eins. Warum?»

Karl schaute die Freundin über den Brillenrand an und erklärte:

«Weil das eigentlich nicht sein kann. Wenn du bei ihr abgeschrieben hast, müsstet ihr doch ungefähr die gleichen Noten haben.»

Maria war hellwach.

«Daran hab ich noch gar nicht gedacht!», rief sie aus. «Die Fehler, die ich gemacht habe, müsste meine Nachbarin auch haben. Ist es das, was du meinst?»

«Hat sie aber nicht», mischte sich Markus ein, «sonst hätte sie keine Eins bekommen.»

«Das ist es ja gerade», erklärte Karl. «Wenn sie die Fehler nicht hat, obwohl Maria bei ihr abgeschrieben hat, gibt es nur eine Lösung.»

Maria sprang aus dem Bett und packte Karl an den Schultern.

«Mann, war ich blöd!», schrie sie. «Du hast Recht. Es kann nur eine Lösung geben. Sie haben die Aufgaben gar nicht vorher gewusst …»

«Genau!», bekräftigte Karl. «Sie müssen ihre Arbeiten hinterher neu geschrieben haben.»

Er stützte sich mit den Händen auf die Bettkante und sah Markus gespannt an.

«Du warst doch unten im Lehrerzimmer?», fragte er. «Hast du in den Fächern auch ein paar Arbeiten gefunden?»

Markus überlegte.

«Kann sein», meinte er, «kann aber auch nicht sein. So genau hab ich nicht hingeschaut.»

Karl schien zu überlegen. Nur Maria wischte alle Bedenken fort:

«Ach was!», jubelte sie. «So muss es einfach sein. Sie haben die Arbeiten nachträglich neu geschrieben. Die Aufgaben kannten sie ja schon. Danach hat sie einer der Gregors unten im Lehrerzimmer ausgetauscht. Alle, bis auf meine.»

Karl war überzeugt.

«Das also verstehen die unter Nachhilfe», meinte er.

Und Maria lächelte bitter: «Eigentlich müsste es besser Danachhilfe heißen. Oder etwa nicht?»

«Danachhilfe, ganz richtig!», lachte Karl und wurde gleich wieder ernst. «Ich glaube, du hast Recht. Nur leider können wir es nicht beweisen.»

Marias Lächeln schien einzufrieren. Ihre Augen wurden so klar und kalt wie Diamanten. Mit starrem Blick erklärte sie:

«Noch nicht! Aber am Mittwoch. Da können wir. Denn morgen schreiben wir schon wieder eine Arbeit. In Geschichte. Und eins verspreche ich euch: Diesmal kommen wir nicht zu früh. Diesmal gelingt mein Plan!»

Und dann wurde ihre Stimme so leise, als hätten die Wände Ohren.

10 SCHICHT IM SCHACHT

Es waren genau achtundvierzig Stunden und zwölf Minuten vergangen, als es laut an Marias Zimmertür klopfte.

Es war Mittwoch, neunzehn Uhr und siebenundzwanzig Minuten. Die drei hatten sehnsüchtig gewartet, dass etwas geschah.

Als sie das Klopfen hörten, wussten sie sofort, was das zu bedeuten hatte.

«Schnell!», flüsterte Maria den zwei Freunden zu. Und laut rief sie: «Momentchen. Ich komme gleich!»

Sie rannte zur Toilette und drückte die Spülung.

In der Zwischenzeit waren Karl und Markus im Schrank verschwunden. Maria warf einen schnellen Blick in den Innenraum. Er war leer. Die zwei mussten sich bereits im Schacht befinden.

Und tatsächlich! Alles klappte nach Plan.

Die beiden Jungen hingen wie Kletten an der Stahlleiter und spitzten die Ohren.

So hörten sie eine gedämpfte Stimme sagen:

«Da bist du ja endlich. Komm mit! Mein Bruder will dich sprechen!»

Das konnte nur einer der Gregors sein!

Wie sie es verabredet hatten, wehrte sich Maria ein wenig. Nur zum Schein natürlich:

«Und wenn ich nicht will?», fragte sie.

«Dann kriegst du eben noch einen blauen Brief.» Die gedämpfte Stimme lachte.

«Na gut!», gab Maria nach.

Die Tür schlug zu.

Markus verlor keine einzige Sekunde.

«Los!», raunte er Karl zu.

Der Abstieg konnte beginnen.

Eine Sprosse nach der anderen kletterten sie hinab. Als sie den Boden erreicht hatten, zeigte Markus auf das Loch in der Wand. Vorsichtig drückte er das Bild zur Seite und lugte in den großen Raum hinein.

«Die Luft ist rein!», meldete er.

«Hab ich nicht anders erwartet», erklärte Karl. «Draußen steht bestimmt einer Schmiere, der Bescheid sagt, wenn die Lehrer ausgeflogen sind.»

«Genau!», stimmte Markus zu und war schon durch das Loch geklettert. Karl folgte ihm nach.

Keine Sekunde zu früh!

Im selben Moment, als sie das Bild zurückschoben,

hörten sie ein Geräusch. Es kam von oben aus dem Schacht.

«Sie sind schon da!», flüsterte Markus und schaute sich um.

Seine Erinnerung hatte ihn nicht getäuscht.

Hinter den schweren Vorhängen war genug Platz für sie beide. Er durchquerte den Raum, kletterte auf die Fensterbank und zog Karl zu sich hinauf.

Sie waren gerade hinter den Vorhängen verschwunden, da hörten sie ein Poltern unten im Schacht.

Durch einen schmalen Schlitz, den sie zwischen den Vorhängen gelassen hatten, sahen sie alles:

Das Bild wurde beiseite geschoben. Eine dicke Gestalt zwängte sich durch den Spalt und sprang auf den Boden.

Es war Gregor!

Ob es der Erste oder der Zweite war, konnten die zwei nicht erkennen.

Gregor sah sich kurz um.

Er schien sich seiner Sache sehr sicher zu sein.

Zielstrebig stapfte er zu einem der Fächer im Regal. Er knöpfte seine Jacke auf und kramte einen großen Umschlag hervor.

Mit einem breiten Grinsen öffnete er das mitgebrachte Kuvert und zog einen Stapel Blätter heraus. Er legte sie auf den Tisch und fing an, in einem der Fächer zu wühlen.

Zwischen den Vorhängen hindurch beobachteten die zwei Freunde, wie Gregor einen anderen Stapel Blätter aus dem Fach fingerte. Der Stapel war etwa genauso dick wie der erste.

Gregor prüfte jedes einzelne Blatt. Endlich schien er etwas gefunden zu haben. Er zog einen Zettel heraus. Dann erst stopfte er die restlichen Blätter in den Umschlag.

Zufrieden nahm er den ersten Stapel zur Hand und steckte den ausgemusterten Zettel dazwischen. Sein Grinsen wurde immer breiter, als er das Ganze genau an jene Stelle zurücklegte, wo sich die anderen Blätter befunden hatten.

Dann stopfte er sich den Umschlag wieder unter die Jacke.

Noch einmal sah er sich um.

Wieder war er sich viel zu sicher, als dass er genauer hingesehen hätte.

Zu oft hatte der Austausch schon geklappt.

Er kletterte zurück in den Schacht.

Die zwei Freunde hörten noch, wie sich seine scharrenden Schritte entfernten. Dann war der ganze Spuk beendet.

Erleichtert kamen sie hinter dem Vorhang hervor.

«Und?», fragte Karl neugierig.

«Alles im Kasten!», antwortete Markus.

Daraufhin ließ auch er etwas unter seiner Jacke verschwinden.

Es war ein kleiner, aber feiner Gegenstand: die Videokamera von Marias Eltern.

Marias Augen glänzten.

Stumm drückte sie Karl und Markus die Hände.

Dann ließ sie noch einmal das Band zurücklaufen und schaute in den kleinen ausklappbaren Monitor der Videokamera.

Über den Bildschirm flimmerte ein ganz besonderer Film. In der Hauptrolle: Gregor der Erste. Tatort: das Lehrerzimmer des Internats «Glanz und Gloria». Handlung: Klauen der echten Arbeiten und Unterschieben der falschen.

Maria hätte sich den Film tausendmal ansehen können.

«Der erste Film, der bei jeder Wiederholung besser wird!», lachte sie.

Die Freunde stimmten fröhlich mit ein.

«Schade, dass er nicht im Abendprogramm läuft», meinte auch Karl.

«Genau. Zur besten Sendezeit!», bekräftigte Markus.

Maria schaute die beiden Freunde listig an.

«Falsch!», widersprach sie. «Dieser Film wird im Abendprogramm laufen. Zur besten Zeit. Ihr werdet schon sehen.»

Markus musste kurz überlegen. Dann hatte er verstanden.

«Wer wird schon sehen? Wir oder die zwei Gregors?», fragte er.

«Nicht nur die», antwortete Maria. «Sondern ihre tollen Nachhilfeschüler gleich mit. Die werden Augen machen, das kann ich euch jetzt schon versprechen.»

«Schade, dass wir nicht dabei sein können», beklagte sich Markus.

«Und ob ihr könnt. Dafür werde ich sorgen. Immerhin seid ihr enge Verwandte von mir.»

«O weh!», befürchtete Karl. «Heißt das, wir müssen uns wieder in unsere piekfeinen Anzüge quetschen?»

«Bloooß nicht!», lachte Maria. «Morgen ist schließlich Filmabend und nicht Maskenball.»

11 LICHT AUS, FILM AB!

Die Pausenhalle war gestopft voll. Die Kinder saßen auf Stühlen, Tischen und auf den Fensterbrettern.

Sogar ein paar Lehrer waren gekommen.

Denn für den heutigen Abend war ein Film angekündigt, den sich keiner entgehen lassen wollte.

Ein hagerer Junge griff sich seinen Stuhl und stellte ihn vor der großen Leinwand auf.

Es war der Sohn des Hausmeisters. Er hieß Mirco und sorgte dafür, dass die Schüler donnerstags immer die neuesten Kinohits zu sehen bekamen.

Zufrieden schaute er sich um.

Mit dem Filmabend besserte er sich normalerweise sein Taschengeld auf. Aber an diesem Donnerstag war alles ganz anders als sonst: Erstens waren heute so viele Zuschauer wie noch nie gekommen. Und zweitens hatte er eine Zusatzeinnahme verbuchen können.

Mirco erinnerte sich nur zu gerne: Gleich nach dem

Mittagessen hatte es an der Tür der Hausmeisterwohnung geklingelt.

«Gehst du, Mirco?», hatte die Mutter gerufen.

Und Mirco war gegangen.

So hatte er sie vor der Tür stehen sehen: seine Zusatzeinnahme. Sie hatte blonde Locken, ein ziemlich freches Grinsen und hieß Maria.

Mirco kletterte auf den Stuhl und schaute sich in der Pausenhalle um. Irgendwo ganz dahinten entdeckte er sie: das Mädchen, das ihm fünfzig Euro für einen kleinen Gefallen geboten hatte.

Mirco lächelte.

Dies war wirklich ein guter Abend heute.

Er fuchtelte mit den Armen in der Luft herum.

Sofort wurde es still im Saal.

Mirco räusperte sich.

«Mmh, mmh», machte er. «Ich habe die große Ehre, heute gleich zwei Filme ankündigen zu können.»

Er unterbrach sich kurz, um die Wirkung seiner Worte zu genießen.

Er wurde nicht enttäuscht.

Ein Raunen ging durch den Saal.

Dass an diesem Abend zwei Filme gezeigt werden sollten, kam offenbar gut an.

«Als Zweites seht ihr den absoluten Renner in diesem Sommer, den Kinohit *Schreck*!»

Ein stürmischer Applaus brandete auf.

«Danke, danke!», sagte Mirco und fuhr fort: «Zunächst jedoch das Werk einer hoffnungsvollen Nachwuchsfilmerin. Ich darf noch nicht zu viel verraten. Deshalb heißt es nun wie immer: *Licht aus und Film ab!*»

Er sprang von seinem Stuhl herunter und kippte einen Schalter um.

Sofort wurde es dunkel.

Mirco richtete seine Fernbedienung auf den Videorecorder und drückte auf Start.

Zunächst geschah gar nichts. Dann erschien ein grieseliges Bild auf der Leinwand. Aber sogleich wurde das Bild schärfer, und die Zuschauer bekamen etwas zu sehen, was die meisten nicht von innen kannten.

Trotzdem wussten alle sofort, worum es sich handelte.

Es war das Lehrerzimmer!

Ein aufgeregtes Flüstern erfüllte den Raum.

Doch gleich verstummte es wieder. Denn jetzt ging der Film erst richtig los. Gregor der Erste erschien auf der Bildfläche, sah sich ein paar Mal verstohlen um und ging zu dem großen Regal, in dem sich die Lehrerfächer befanden.

Die Schrecksekunde, die im Saal herrschte, dauerte

fast eine Minute. Keiner sagte auch nur ein Wort: weder die Gregors noch die vielen Schüler, die von den zwei Brüdern «Nachhilfe» erhalten hatten.

Viel zu spät erhoben sich die ersten Stimmen.

«Aufhören!», riefen einige.

«Ausschalten!», brüllten andere.

Jetzt erst reagierte Mirco. Mit ziemlicher Verspätung hatte er gemerkt, was für eine heiße Ware ihm Maria da untergeschoben hatte.

Hastig drückte er auf die Fernbedienung. Die Leinwand wurde schwarz. Der Film war unterbrochen.

Ein seltsames Rauschen ging durch den Raum. Es kam von den vielen Kindern, die jetzt kräftig durchatmeten.

Doch die Gefahr war damit längst noch nicht vorüber.

Ein Lehrer hatte sich von seinem Platz erhoben. Es war Studienrat Krögel. Wie in Zeitlupe bewegte er sich auf die Bühne zu. So als würde ihm dabei ganz langsam dämmern, was er gerade gesehen hatte.

Unzählige Augen verfolgten ihn auf seinem Weg nach vorne.

War eben noch das Schnaufen deutlich hörbar gewesen, so hatte man jetzt den Eindruck, dass der ganze Saal die Luft anhielt.

Endlich hatte Herr Krögel die Bühne erreicht.

Er blieb genau vor Mirco stehen. Die zwei sahen einander kurz ins Gesicht. Dann streckte der Studienrat die Hand aus. «Gib her!», befahl er und meinte damit die Fernbedienung.

Mirco reichte sie ihm mit zittriger Hand.

Herr Krögel brauchte keine Sekunde, um den richtigen Knopf zu finden.

Es war so still im Raum, dass man hören konnte, wie das Band im Recorder zu surren begann.

Die Leinwand wurde wieder hell.

Als wäre der Film nur durch eine Werbepause unterbrochen gewesen, lief er einfach weiter.

Das Schicksal nahm seinen Lauf.

Hilflos mussten die Kinder mit ansehen, wie Gregor die Arbeiten austauschte, wie er sich noch einmal verstohlen umschaute, das Bild zur Seite kippte und durch das Loch in der Wand wieder verschwand.

Für einen Augenblick wurde die Leinwand dunkel.

Doch es war nur ein kurzer Schnitt im Film.

Denn plötzlich erschien ein blonder Mädchenkopf mitten auf der Leinwand.

Er gehörte Maria.

Die Filmdarstellerin Maria sprach in das kleine Mikrophon der Kamera:

«Guten Abend, liebe Schüler. Guten Abend, liebe Lehrer. Wir hoffen, Sie hatten mit unserem kurzen Film viel Spaß. Lieber Gregor der Erste, lieber Gregor der Zweite! Ich schätze, für euch fängt der Spaß jetzt erst richtig an.»

Die Maria auf der Leinwand lächelte in die Runde. Dann war der Film wirklich zu Ende.

Im selben Moment ging das Licht an. Ein großer Mann mit grauem Anzug stand plötzlich im Raum.

Die Köpfe fuhren herum. Alle erkannten ihn sofort: Es war der Schuldirektor höchstpersönlich.

Einer der Lehrer musste Doktor Schwertfeger alarmiert haben. Nun stand er in voller Größe im Raum, und seine tiefe Stimme ließ fast die Wände erzittern. Unerbittlich erteilte er seine Befehle:

«Keiner verlässt den Saal. Der Film ist beschlagnahmt. Gregor eins und zwo sofort herkommen!»

Die zwei Gerufenen hätten sich am liebsten in Luft aufgelöst.

Aber wenn Doktor Schwertfeger etwas anordnete, gab es keine Widerrede.

Langsam, als hätten sie bleischwere Gewichte auf den Schultern, standen die Gregors auf und bahnten sich ihren Weg durch die Reihen der Kinder.

Mit stechendem Blick nahm sie der Direktor in Empfang.

Und als würde es sich bei Studienrat Krögel um einen Polizisten handeln, sagte er zu ihm nur noch das eine Wort:

«Abführen!»

Und damit war der Filmabend gelaufen.

12 MARIA MACHT ERNST

So viel Besuch auf einmal hatte Maria noch nie bekommen.

Die halbe Lehrerschaft hatte sich in ihr kleines Zimmer gezwängt. Einer nach dem anderen kletterte in den Schrank und untersuchte das Loch in der Wand, das in den Schacht führte.

Direktor Schwertfeger hatte irgendwie das Bedürfnis, die Ereignisse zusammenzufassen:

«Liebe Kolleginnen und Kollegen», begann er. «Schauen Sie genau hin. Durch diesen hohlen Schacht mussten sie kommen. Die Älteren von Ihnen werden sich vielleicht erinnern, dass hier einmal der Lastenaufzug war. Den haben die Zensurenfälscher entdeckt. Durch ihn sind sie hinab ins Lehrerzimmer geklettert, um die Klassenarbeiten auszutauschen. Und keiner von uns hat es je bemerkt!»

«Sieh da, sieh da» und «aha, aha» murmelten einige Lehrer.

Der Direktor fuhr fort:

«Ich wiederhole: Keiner hat es je bemerkt. Beschämt und erleichtert zugleich füge ich hinzu: bis diese drei cleveren Kinder kamen und den ganzen Schwindel aufdeckten.»

Überschwänglich klopfte Doktor Schwertfeger erst Maria, dann Karl und Markus auf die Schulter.

Maria wurde das Ganze allmählich peinlich:

«War doch alles halb so wild», meinte sie. «Wir hatten ja ziemliches Glück. Wenn der Geheimgang nicht genau hinter meinem Schrank gelegen hätte, würden die Gregors heute noch Nachhilfe geben.»

Der Direktor lächelte milde und sagte in belehrendem Ton:

«Eure Bescheidenheit ehrt euch, liebe Kinder. Aber das Glück hilft immer nur dem Tüchtigen. Oder etwa nicht, liebe Kolleginnen und Kollegen?»

Die Lehrerschaft nickte zustimmend.

Nur Maria fühlte sich nicht wohl in ihrer Haut.

«So viel Glück hatte ich bis jetzt aber nicht», gab sie zu bedenken «Wo ich bisher doch nur Fünfen und Sechsen geschrieben habe.»

Der Direktor stutzte kurz. Sollte er sich seine Festtagslaune einfach so verderben lassen? Nein. Wie eine lästige Fliege wischte er Marias Bemerkung mit einer kurzen Handbewegung weg und erklärte:

«Papperlapapp. Tüchtig bleibt tüchtig. Und das muss belohnt werden. Sag, Maria, worüber würdest du dich denn ganz besonders freuen? Ein schönes Buch? Einen feinen Füller? Oder ein paar fröhliche Buntstifte?»

Die drei Freunde kamen sich vor wie im falschen Film.

Ohne ein Wort zu sagen, schauten sie sich einfach nur an.

«Nun?», bohrte der Direktor weiter.

Maria starrte die Wand an.

«Du kannst es ruhig sagen!», versicherte der Direktor.

«Na los schon!», drängelten auch einige Lehrer.

Plötzlich sah Maria Herrn Schwertfeger mitten ins Gesicht.

«Da wäre schon was», meinte sie, «aber das wollen Sie bestimmt nicht hören.»

Der Direktor lächelte verständnisvoll.

«Aber, aber, mein Fräulein. Bloß nicht so schüchtern. Nur Mut, nur Mut.»

«Ich bin mir aber sicher, dass Sie es gaaanz bestimmt nicht hören wollen.»

Der Direktor zwinkerte ihr freundlich zu.

«Und ob ich es hören möchte!», gab er zu verstehen.

«Na gut», gab Maria nach und fing an herumzudrucksen. «Weil … Es ist nämlich so … Ich wünsche mir …»

«Nun …?», ermunterte sie der Direx.

«… also wenn Sie mir wirklich einen Gefallen tun wollen …»

Die Augen der Lehrerschaft klebten wie Saugnäpfe an Marias Mund. Obwohl der Raum zum Platzen voll war, konnte man auch in der hintersten Ecke genau hören, was das Mädchen jetzt sagte:

«… wenn Sie mir wirklich einen Gefallen tun wollen …, dann werfen Sie mich doch … bitte schön … ganz einfach von der Schule.»

«Oooohoooh», stöhnten die Lehrer.

Und das war eigentlich recht schade. Denn sonst hätte man etwas Besonderes zu hören bekommen. Man hätte gehört, wie dem Herrn Direktor die Kinnlade runterfiel.

Er brauchte eine ganze Zeit, bis er sich von dem Schreck erholt hatte.

Seine Stimme war kein bisschen feierlich mehr, als er antwortete:

«Ist das etwa dein Ernst?»

Maria holte tief Luft und sagte:

«Mein vollster, totalster, ernstester Ernst.»

Drei Kinder saßen auf gepackten Koffern.

Die Koffer gehörten Maria und standen vor dem großen Portal des Internats «Glanz und Gloria».

Die Freunde schauten gespannt den Kiesweg hinab. Dort hinten musste bald das große Gittertor aufgehen. Ein schwerer Wagen würde hindurchfahren und direkt vor ihrer Nase halten.

Eigentlich hätte Maria unheimlich froh sein sollen. Aber irgendwie hatte sie gar keine Zeit dazu. Sie war viel zu sehr damit beschäftigt, ihre Gedanken zu ordnen. Denn in den letzten zwei Stunden hatten sich die Ereignisse so sehr überschlagen, dass sie in Marias Kopf immer noch durcheinander wirbelten.

Alles hatte damit angefangen, dass Direktor Schwertfeger mitsamt seiner ganzen Lehrerschaft aus Marias Zimmer gerauscht war. Er musste sich sofort mit Herrn oder Frau Fünfziger in Verbindung gesetzt haben. Denn nur kurze Zeit später war er schon wieder zurückgekommen.

Die Sorgenfalten, die er auf der Stirn gehabt hatte, waren so tief wie kleine Gräben gewesen. Nachdenklich hatte er die drei Kinder gemustert, die da vor ihm auf dem Bett gesessen hatten.

Leise hatte er gefragt:

«Ihr seid ziemlich dicke Freunde, nicht?»

Die drei hatten nur genickt.

«Dachte ich mir», hatte der Direktor hinzugefügt. «Ihr seht so aus, als würdet ihr füreinander durch dick und dünn gehen.»

Das Nicken der Kinder war heftiger geworden.

«Dazu werdet ihr in nächster Zeit genug Gelegenheit haben», hatte Herr Schwertfeger erklärt. «Ich habe gerade mit Herrn Fünfziger telefoniert und ihn über die wichtigsten Vorfälle der letzten Zeit informiert. Er war übrigens ganz meiner Meinung, dass ...»

«Welcher Meinung?», hatte Maria aufgeregt dazwischengerufen.

Ganz gegen seine sonstige Gewohnheit war der

Direktor keine Spur beleidigt gewesen, dass Maria ihn unterbrochen hatte.

«... dass es unter diesen Umständen keinen Sinn macht, wenn du länger auf unserem Internat bleibst.»

Herr Schwertfeger hatte die Sensation kaum ausgesprochen, da waren Karl und Markus schon aufgesprungen und wie wild auf dem Bett herumgehüpft.

Nur Maria hatte eine ganze Zeit gebraucht, bis sie kapiert hatte, was dieser eine, dieser einzige Satz bedeutete.

Wie ein Luftballon, der gerade aufgeblasen wird, breitete er sich in ihrem Kopf aus. Und auch jetzt, da sie längst auf ihren Koffern saß und ihre Eltern erwartete, konnte sie noch immer an nichts anderes denken.

Ab und zu rutschte der Satz bis in den Bauch hinab. Dort verursachte er ein ganz wohliges Kribbeln.

Aus heiterem Himmel, so als würde sie jemand kitzeln, fing Maria einfach an zu lachen.

Karl und Markus schauten sie erstaunt an.

«Worüber lachst du?», erkundigte sich Karl.

«Worüber wohl?», strahlte Maria übers ganze Gesicht und äffte den Schuldirektor nach: «Darüber, dass es unter diesen Umständen keinen Sinn macht, wenn ich länger auf dem Internat bleibe. Worüber denn sonst?»

Da grinste Karl über beide Ohren und meinte:

«Vielleicht darüber, dass wir füreinander durch dick und dünn gehen?»

Und Markus fiel mit ein:

«… und dass wir in nächster Zeit genug Gelegenheit dazu haben?»

Das Gekicher vor dem ehrwürdigen Internatsgebäude wurde immer lauter.

Aber natürlich konnte in diesem Fall nur eine das letzte Wort haben:

«Und womit?», lachte Maria und rief, so laut sie konnte: «… mit

Glanz und Gloria!»